瀨田貞二 作・林明子 繪・林真美 譯

今天是什麼日子？

早上，小美要出門時，跟媽媽說：
「媽媽，你知道今天是什麼日子嗎？
你不───知道嗎？不知道嗎？如果
不知道的話，請到樓梯的第三個階
梯找答案。」
小美轉頭唱歌，蹦蹦跳跳的朝學校
走去。

媽媽馬上在樓梯的第三格階梯上，看到一封繫著紅繩子的信，上面寫著：

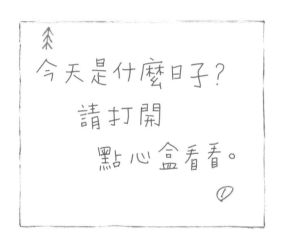

今天是什麼日子？
請打開
點心盒看看。

媽媽一看就知道那是小美的字。

媽媽打開點心盒，在泡芙的中間塞有一封繫著紅繩子的信。她打開來看，上面寫著：

天氣不好要帶傘，

　放傘的套裡

　　有什麼？

②

媽媽趕緊來到玄關，在放雨傘的
陶缸底部，看到一封繫著紅繩子
的信。

是哪一本書呢？
提示：
我最喜歡的
繪本。③

「哈哈，接下來要到二樓找了。」

媽媽曉得小美最喜歡的繪本是哪一本，她一到二樓的小美房間，就從書架抽出《瑪德琳和親愛的小狗》這本書。
果然，有一封信夾在「一隻狗撲向瑪德琳」的那一頁。

爸爸挖的金魚池，
　　有東西
　　浮在上面哦。
④

媽媽來到院子。

金魚池裡有一封用塑膠袋包好的信浮在水面。

這封繫著紅繩子的信，被許多金魚包圍著。

信上寫著：

媽媽送的黏土小豬，
　　嘴裡含著
　　　　一封信哦。

⑤

黏土小豬是小美的撲滿， 放在縫
紉機的上方。 小豬的嘴巴果然含
著一封信。

結婚時新娘的捧花，
　　　要插哪裡好呢？

⑥

客廳有一個好大的玻璃花瓶， 裡頭的那束花好漂亮， 花莖上綁了一封繫著紅繩子的信。

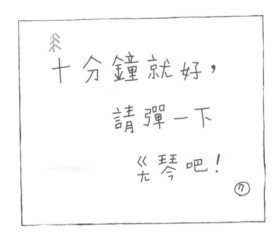

十分鐘就好，
請彈一下
尢琴吧！ ⑰

「唉呀， 真是很好的建議。
有點累， 乾脆就來彈一曲吧！」

媽媽打開琴蓋， 就看到一封繫著紅
繩子的信。
媽媽把信放在琴譜的架子上， 彈了
小美最喜歡的〈小星星〉。

然後， 媽媽把信打開， 上面寫著：

周圍有一個你不太會
注意到的東西。
提示：
但是，你一定會用到。
⑧

媽媽想了半天，都想不出到底是什麼東西。最後，媽媽放棄了，她把所有的信整理好，正準備放進信插裡時，看到一封繫著紅繩子的信就擺在信插上。

「喔喔，原來謎底是信插。真的不太容易被注意到啊！」媽媽打開信：

年年都有這一天。
　請打電話給爸爸，
　問問他的口袋裡
　　有什麼？
　　　　　⑨

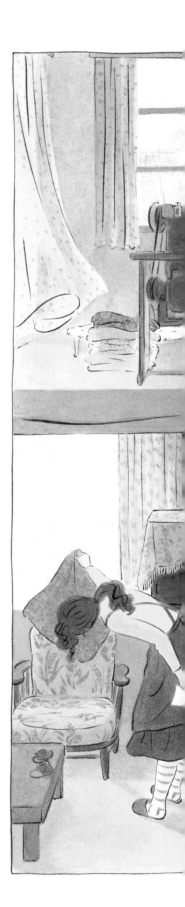

媽媽自言自語的說：「我正想打
電話給他。」她抬頭看看時鐘，
心想，現在正是適合撥電話的
時間呢！

「爸爸，你的上衣口袋裡是不是
有一封用紅繩子綁起來的信？
是小美寫的，快唸給我聽。」

電話那頭傳來爸爸驚訝的聲音：
「啊，有、有耶。這是什麼啊？
怎麼回事？」

紀念日禮物
夾在信箱裡，
終於送到了。
謝謝合作。⑩

媽媽忍不住笑了出來。
「你回家我再告訴你。對了，別忘了
要帶回來的東西喔！」
「我當然不會忘記。」現在輪到爸爸
在電話的另一頭笑了。

傍晚，爸爸提著一個竹籃子
進門。媽媽看到竹籃，對爸
爸使了個眼色。
小美只顧著看籃子，沒有注
意到爸爸和媽媽的表情。

爸爸坐在暖桌旁，媽媽把白天在信箱裡發現的小包裹交給爸爸。

那是一個白色的信封，上面一樣綁了一條紅繩子。

爸爸拆開小包裹，裡面有一個用色紙摺的盒子。

打開盒子，裡面又有一個小一點的紙盒，再打開那個紙盒，裡面又有更小的紙盒……

就這樣，一個又一個的小紙盒出現了，直到第十個小紙盒，他們看到裡面裝了龍鬚草的果實和南天竺的果實。

「紫色的水晶是送給爸爸的，紅色的寶石是送給媽媽的。」小美一臉認真的說。

「這些紙盒是小美自己做的嗎？」

「好棒的禮物。謝謝你。接下來，我們也有禮物要送給你……」

爸爸話說到一半，籃子裡傳來「汪！汪！」的叫聲。

爸爸掀開竹籃， 一隻圓滾滾的咖啡色小狗， 伸出紅色舌頭， 兩隻前腳搭在籃子的邊邊， 用力伸直身體。

「這隻小狗是要送給你的。 同事家的狗生了許多隻小狗， 爸爸跟他要了一隻回來。」

小美抱起小狗，親了又親。小狗用舌頭舔了舔小美的臉頰。

「對了、對了，今天我可是被小美的那些信搞得團團轉啊。
你看，我找了這麼多地方⋯⋯」

媽媽把九封信一封一封拿給爸爸看，爸爸也把口袋裡的最後一封信疊了上去。
小美抱緊小狗，唱起歌來：
「你們知 ——— 道嗎？你們知道嗎？
你們知道今天是什麼日子嗎？請把上面畫有小樹的字找出來，再將那些字排在一起，你們就會知道了。」

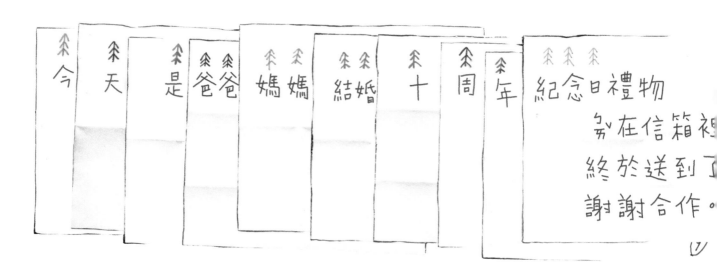

今天是爸爸和媽媽的結婚十周年紀念日。

爸爸和媽媽真的不記得了嗎？

悅讀尋寶串連起親子之愛   葉嘉青｜臺灣師範大學講師暨臺灣閱讀協會常務理事

《今天是什麼日子？》看到這句作為書名的日常問句，不禁令人產生好奇，在孩子的心目中，什麼日子特別值得重視？是生日、入學日，還是……？再瞧瞧封面框架外的小女孩小美，正躡手躡腳的瞄著框架內的爸爸、媽媽，好像在藏什麼似的，更引發了小讀者的疑竇！全書帶著偵探色彩的尋寶故事，就此神祕登場了！如果想先和孩子玩個說故事前的預測遊戲，也可以直接翻轉到封底，看看一雙可愛的小狗和小狗玩偶，他們將成為書中尋寶的線索。

這麼細緻、巧妙的設計是出於日本插畫家林明子之手。她擅長捕捉孩童的神韻，對於故事的情景和人物的描繪都十分的考究，書中呈現出現代日本小家庭的日常生活和文化特質，搭配作者瀨田貞二趣味的邏輯推理，以及家人間彼此的親密互動，讓這本繪本成為受人推崇與喜愛的經典之作，在閱讀中，可以享受親人間無私的愛與體貼。

延續封面的懸疑感，翻開書名頁，小美正從爸爸的西裝口袋裡拿了或放了什麼東西嗎？接著讀者們將陪著媽媽，在小美精心設計的連環猜謎中一一解開祕密。媽媽非常配合的循著小美的指令翻箱倒櫃、爬上爬下，一點都不輕忽小女兒的用心。為了讓讀者感受到媽媽在熟悉的動線和空間中，進行非日常的尋寶活動，林明子特別透過了房子的剖面圖，讓讀者更全面的欣賞小美的居家環境，也在這麼認真的解密過程中，讓我們看到了小美和媽媽之間的默契，例如當小美出謎題問媽媽，自己最喜歡的是哪一本書？如果媽媽答不出來，那麼遊戲就得終止。所幸媽媽一個接著一個的過關得點，即使畫面中只有她一個人，也能感受到小美的愛陪著媽媽，為她加油、喝采。當然，

小美的遊戲也沒忘記邀請爸爸參與，而且早在書名頁就埋下了伏筆，讓爸爸握有尋寶的最後一張拼圖，等他回家，把十封信合在一起時，謎底就揭曉了！

小美將爸爸媽媽的結婚紀念日放在心上，並細心的準備和慶祝讓人感動。爸爸媽媽慶祝結婚紀念日的方式，竟然是為小美送上心愛的小狗，也令人動容。這讓我想起，自從有了孩子以後，我幾乎沒有、也沒想要過生日或結婚紀念日，直到孩子長大了，開始會幫我和爸爸慶生及提醒我們結婚紀念日到了！我想這種心情或許和家人間、彼此的恩愛與傳承有關，就像這個故事不僅是一場有趣的家庭尋寶遊戲，也是平凡中最不平凡的愛的表現！

親子共讀《今天是什麼日子？》後，可以和孩子進行有趣的延伸活動，包括用獨自朗讀、輪流朗讀、回音朗讀和齊聲朗讀的方式，朗讀小美唱的詩歌，例如運用回音朗讀：「你知道嗎？你知道嗎？今天是什麼日子？請到信裡去找小樹，把樹下的字排起來。」由父母朗讀一句，然後換孩子照樣朗讀一句，或者輪到孩子朗讀句子時，只朗讀其中畫底線的部分，玩聲音變化的遊戲。此外，也可以和孩子仿效小美創作藏頭詩，一起動動腦，玩鬥智尋寶的猜謎遊戲。

作者 瀨田貞二 ───────────────

1916 年生於日本東京。東京大學國文科畢業。戰後一邊擔任中學教師，一邊開始從事兒童文學創作。1947 年辭去教職，擔任《兒童百科事典》（平凡社）編輯。1949 年之後以自由之身全心投入兒童文學及翻譯等相關工作。譯有《魔戒》、《納尼亞傳奇》等小說，以及《月亮晚安》、《三隻山羊嘎啦嘎啦》、《黎明》、《瑪德琳》、《驢小弟變石頭》等膾炙人口的繪本。另外，也將傳統民間故事改寫成繪本，並從事繪本文字創作。除翻譯、創作之外，也撰寫《繪本論》、《幼兒文學》、《拾穗》等兒童文學與兒童文化評論。是日本戰後兒童文學的重要旗手。1979 年病逝。

繪者 林明子 ───────────────

1945 年日本東京都出生。橫濱國立大學教育學部美術系畢業。第一本創作的繪本為《紙飛機》。除了與筒井賴子合作的繪本之外，還有《最喜歡洗澡》、《葉子小屋》、《麵包遊戲》、《可以從 1 數到 10 的小羊》等作品。自寫自畫的繪本包括《神奇畫具箱》、《小根和小秋》、《鞋子去散步》幼幼套書四本、《聖誕節禮物書》套書三本與《出來了 出來了》，幼年童話作品有《第一次露營》，插畫作品包括《魔女宅急便》與《七色山的祕密》。

譯者 林真美 ───────────────

國立中央大中文系畢業。日本國立御茶之水女子大學兒童學碩士。在國內以「兒童」為關鍵字，除推廣繪本閱讀，組「小大讀書會」，也曾在清華大學及多所社區大學開設「兒童與兒童文學」、「兒童文化」、「繪本·影像與兒童」等相關課程，並致力於「兒童權利」的推動。另外，也從事繪本的翻譯，譯介英、美、日……經典繪本無數。並譯有與繪本、兒童相關的重要書籍，如：《繪本之力》、《百年兒童敘事》等。個人著作有《繪本之眼》、《有年輪的繪本》、《我是小孩，我有話要說》。

國家圖書館出版品預行編目 (CIP) 資料

今天是什麼日子？/瀨田貞二作；林明子繪；林真美譯.
-- 第一版. -- 臺北市：親子天下股份有限公司, 2023.06
42面；20.7x24.2公分. -- (繪本；317)
注音版
譯自：きょうはなんのひ？
ISBN 978-626-305-400-4 (精裝)

861.599   111021159

WHAT DAY IS IT TODAY?

Text by Teiji Seta © Mitsuko Seta 1979

Illustrations by Akiko Hayashi © Akiko Hayashi 1979

Originally published by Fukuinkan Shoten Publishers, Inc., Tokyo, Japan, in 1979 under the title of きょうはなんのひ？

The Complex Chinese rights arranged with Fukuinkan Shoten Publishers, Inc., Tokyo

繪本 0317

今天是什麼日子？

文｜瀨田貞二　圖｜林明子　翻譯｜林真美

責任編輯｜謝宗穎　美術設計｜林子晴　行銷企劃｜翁郁涵、張家綺
天下雜誌群創辦人｜殷允芃　董事長兼執行長｜何琦瑜
媒體暨產品事業群
總經理｜游玉雪　副總經理｜林彥傑　總編輯｜林欣靜　資深主編｜蔡忠琦　版權主任｜何晨瑋、黃微真

出版者｜親子天下股份有限公司　地址｜台北市 104 建國北路一段 96 號 4 樓
電話｜（02）2509-2800　傳真｜（02）2509-2462　網址｜www.parenting.com.tw
讀者服務專線｜（02）2662-0332　週一～週五：09:00~17:30
傳真｜（02）2662-6048　客服信箱｜parenting@cw.com.tw
法律顧問｜台英國際商務法律事務所・羅明通律師
製版印刷｜中原造像股份有限公司
總經銷｜大和圖書有限公司　電話：（02）8990-2588

出版日期｜2023 年 6 月第一版第一次印行
定價｜380 元　書號｜BKKP0317P　ISBN｜978-626-305-400-4（精裝）

──────────────────────── 訂購服務
親子天下 Shopping｜shopping.parenting.com.tw
海外・大量訂購｜parenting@cw.com.tw
書香花園｜台北市建國北路二段 6 巷 11 號　電話（02）2506-1635
劃撥帳號｜50331356　親子天下股份有限公司

立即購買 >